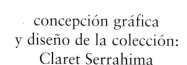

concepción gráfica
y diseño de la colección:
Claret Serrahima

Primera edición: octubre de 1998

Consejo editorial: Josep M. Aloy, Xavier Blanch, Romà Dòria,
Mercè Escardó, Jesús Giralt y Marta Luna

Maquetación: Montserrat Estévez
Producción: Francesc Villaubí

Asesoramiento literario: Mercè Escardó i Bas
Edición y coordinación editorial: Xavier Carrasco
Dirección editorial: Xavier Blanch

La Galera, S.A. Editorial
Diputació, 250 – 08007 Barcelona
www.enciclopedia-catalana.com
lagalera@grec.com
Impreso por Índice, S.L.
Fluvià, 81 – 08019 Barcelona

Depósito Legal: B. 43.315-1998
Printed in Spain
ISBN 84-246-1973-0

Rapunzel

cuento de J. y W. Grimm

adaptación de Francesc Bofill

ilustraciones de Joma

Érase una vez un hombre y una mujer
que deseaban tener un hijo y no podían conseguirlo.

Vivían en una casita desde donde se divisaba
un precioso jardín, rodeado por un muro muy alto
y lleno de bellísimas flores y plantas.
Pero nadie se atrevía a entrar en él
porque pertenecía a la señora Gothel,
una bruja muy poderosa a quien todo el mundo temía.

Un día que la mujer contemplaba el jardín,
vio unos rábanos tan rojos y lozanos
que le entraron unas ganas locas de comérselos.
Pero como no podía tocarlos se puso muy triste.
Y su marido le preguntó:

—¿Qué te pasa, cariño mío?

—¡Ay! —respondió la mujer—. Si no puedo comer
los rábanos del jardín de la bruja, me moriré.

El hombre, que la quería mucho, no dudó ni un instante.
Se encaramó al muro, arrancó a toda prisa
un puñado de rábanos y los entregó a su mujer.

Tanto le gustaron los rábanos a la buena mujer,
que al día siguiente volvió a tener ganas de comerlos.
Y su esposo, para complacerla, volvió a saltar
al jardín de la bruja al atardecer.
Pero cuando bajaba por la pared se quedó pálido de miedo.
¡Tras él estaba la señora Gothel!

—¿Cómo te atreves —exclamó la bruja
con una mirada de rabia— a entrar en mi jardín
para llevarte mis rábanos, ladronzuelo?
Pagarás muy caro tu atrevimiento.

—Tened piedad de mí —replicó el hombre—.
Los he cogido porque mi mujer tiene tantas ganas de comerlos
que se morirá si no puede hacerlo.

—Si es así —repuso la señora Gothel—,
llévate todos los rábanos que quieras.
Sólo te pongo una condición.
Que me entregues el primer hijo que tengáis;
yo le trataré como una madre.

El hombre, que no esperaba tener descendencia
y estaba muy asustado, accedió a su petición.

Al cabo de poco tiempo, como por arte de magia,
su mujer se quedó embarazada de una niña.
Y cuando dio a luz, se presentó la bruja,
puso a la niña el nombre de Rapunzel y se la llevó.

Rapunzel era la niña más bonita del mundo.
Cuando cumplió doce años, la bruja, que la quería
sólo para ella, la encerró en una torre del bosque.
La torre era muy alta y no tenía puerta ni escalera,
sólo una ventanita en la parte superior.
Y cuando la vieja señora Gothel quería entrar en la torre,
gritaba desde abajo:

Rapunzel, Rapunzel,
¡echa las trenzas por el dintel!

Rapunzel tenía el cabello precioso, fino como el hilo de oro.
Cuando oía la voz de la bruja, deshacía sus trenzas,
las sujetaba a un gancho del dintel de la ventana,
las dejaba caer y la hechicera subía por ellas.

Así pasaron unos cuantos años
y Rapunzel se convirtió en una jovencita encantadora.

Un día, el hijo del rey salió a pasear por el bosque
y llegó hasta la torre. Y oyó un canto tan melodioso
que se detuvo a escucharlo.
Era Rapunzel que mataba el tiempo
entonando canciones con su dulce voz.

¶ Tengo que conocer a esa chica —se dijo el príncipe,
muy emocionado. Pero cuando buscó la puerta de la torre,
no la encontró por ninguna parte. Intentó subir por el muro,
pero no lo consiguió. Y regresó muy triste a su palacio.

Tanto le conmovió el canto de Rapunzel,
que cada día se dirigía al bosque y pasaba largos ratos
escuchando su melodiosa voz.

Por fin, un día, oculto tras un árbol,
el príncipe vio llegar a la bruja
y oyó que gritaba en dirección a la ventana de la torre:

Rapunzel, Rapunzel,
¡echa las trenzas por el dintel!

Entonces vio caer las trenzas
y cómo la bruja subía por ellas. Y se dijo:
Si con esa escalera se llega a la ventana,
yo también la utilizaré.
Y al día siguiente, cuando ya caía la noche,
se dirigió a la torre y gritó:

Rapunzel, Rapunzel,
¡echa las trenzas por el dintel!

Al instante cayeron las trenzas y el príncipe
subió hasta la ventana. Al principio, Rapunzel se asustó mucho
al ver que un hombre entraba en su habitación,
porque jamás había visto ninguno.

Pero el príncipe le dijo con voz dulce y cariñosa:

— Tu canto me cautivó tanto que no he podido dormir
hasta que he conseguido verte.

Entonces, a Rapunzel se le pasó el miedo y le sonrió.
El príncipe, locamente enamorado, prosiguió:

— Me gustas mucho y quiero casarme contigo.
Soy el hijo del rey y tu serás mi princesa.

Al ver que era joven y muy guapo, Rapunzel pensó:
"Seguro que me querrá más que la vieja señora Gothel".
Puso su mano sobre la del príncipe y le dijo:

— De buena gana me iría ahora contigo,
pero no sé cómo bajar de la torre.
Cada vez que vengas a verme, tráeme un hilo de seda.
Así podré tejer una escalera y cuando esté lista me iré contigo
sobre tu caballo.

El príncipe y Rapunzel convinieron que cada tarde se verían
en la torre, porque por las mañanas la visitaba la bruja.
Y cada tarde el príncipe traía una madeja de hilo de seda
para que Rapunzel fabricara la escalera para huir de la torre.

La bruja no se dio cuenta de nada hasta que un día
Rapunzel se descuidó y le dijo:

—Señora Gothel, ¿por qué le cuesta más a usted subir
a la torre que al hijo del rey?
Él en un minuto ya está arriba, a mi lado.

—¡Eres una desvergonzada! —exclamó la bruja, furiosa—.
¿Qué has dicho? Yo creía que te había apartado
de todo el mundo y tú me has engañado.

Ciega de rabia, agarró con la mano izquierda
los dorados cabellos de Rapunzel, empuñó unas tijeras
con la derecha y, tris, tras, le cortó las trenzas.

Sin piedad alguna, la malvada señora Gothel
se llevó inmediatamente a Rapunzel a un desierto árido
y desolado donde tuvo que vivir miserablemente,
sufriendo todo tipo de necesidades. Y por la tarde,
la bruja ató las trenzas de Rapunzel al gancho del dintel,
esperando que llegara el hijo del rey.

Cuando el joven se presentó muy ilusionado
con la última madeja de seda, gritó:

Rapunzel, Rapunzel,
¡echa las trenzas por el dintel!

La bruja las soltó y el príncipe subió como un rayo.
Pero en lugar de su amada Rapunzel se encontró con la bruja,
que le miraba con ojos malvados y venenosos.

—Muy bien —dijo la señora Gothel,
con una horrible sonrisa—, querías llevarte a tu amada,
pero el pajarito no está en su nido y ya no canta.
Has perdido para siempre a tu Rapunzel
y no la volverás a ver jamás.

Fuera de sí de dolor y de pena,
el hijo del rey se lanzó torre abajo en un arrebato de locura.
No se mató, pero fue a parar encima de un zarzal
lleno de pinchos, con tan mala suerte que le sacaron los ojos.

    Y a partir de aquel momento, ciego y triste,
rondaba por el bosque como un alma en pena.
Sólo comía bellotas y raíces,
y se pasaba todo el día llorando la pérdida
de su amada Rapunzel.

Así pasaron los años.

El príncipe vagaba por el país, sufriendo escasez y pena,
y un día fue a parar al desierto donde vivía miserablemente
Rapunzel con los dos mellizos que le nacieron,
fruto de su amor con el hijo del rey.
Y mientras caminaba a tientas por el desierto,
el pobre príncipe oyó una voz.
Le sonó tan familiar que se detuvo.

¿Eres tú, Rapunzel? ¿Eres tú?
—exclamaba sin dar crédito a sus oídos.

Y al acercarse, Rapunzel le reconoció
y se lanzó a sus brazos llorando desconsoladamente.

Entonces dos lágrimas de Rapunzel
cayeron en los ojos del príncipe y de pronto recobró la vista,
hasta el punto que podía verlo todo mejor que antes.
Y al contemplar a su amada y a los dos hijitos
que todavía no conocía, exclamó:

— ¡Rapunzel, Rapunzel, por fin se han acabado
nuestras penas!

Y se la llevó a palacio,
donde les recibieron con gran alegría.
Y vivieron felices y comieron perdices el resto de sus días.

¿Y qué fue de la bruja?, os preguntaréis.
El cuento no lo explica, pero un pajarito
nos ha contado que la señora Gothel,
al enterarse de que Rapunzel y el príncipe eran tan felices,
reventó de rabia. Y la madre de Rapunzel
pudo comer todos los rábanos que quiso de su jardín
hasta que les cogió manía.
¡Y colorín, colorado, este cuento se ha acabado!